dietmar scholz

in den mittag der dinge

dietmar scholz

in den mittag
der dinge

J. G. BLÄSCHKE VERLAG DARMSTADT

© 1978 by J.G. Bläschke Verlag Darmstadt
Druck: Silesia Druck und Verlagsgesellschaft m.b.H. Reutlingen
Printed in Germany
ISBN 3—87561—953—6

für Aiga

in den mittag der dinge

einmal
hatte ich
zum nordpol gelöst

rund um die welt

jetzt
suche ich
eine straße

in den mittag der dinge

an einem tag

den rahmen der sekunden
leg beiseite

laß in dich ein
den duft der linde
nimm wärme auf
vom dunklen mauerwerk
sieh
wie die fliegen
auf den zeigern torkeln
geh durch das mosaik
der straßenschatten

du
kommst hindurch
und weißt

in den schützengräben des bewußtseins

feuer frei
sagte einer

die da schießen
die zielen auf ihn

durch das nadelöhr
einer nacht
wird der helle fleck
besetzt

der pilz zieht fäden

ich fühle die quelle
deines ja

aber
ich rede
vom mai

spielplatz

straßenbahn
zeppelin
rad und das schiff

in den kastanien
schaukeln
sprachfanfaren

um
kreisgedrehtes kinderlachen
ziehen die augen
einen stummen zaun

ein
schatten dann

zeitscheiben
fallen durch das sieb

der winter folgt
an einer
langen leine

schnecken

so langsam haben
alle wir
ein haus gebaut
um
unsrer leiber nacktheit
zu bedecken

doch
wenn die neugier
und das glück
uns in die sonne
locken
dann
kommen wir
nicht ohne narben
heim

abschied

in jeder stunde
nehmen abschied wir

der baum
mit unsren tagen
wirft die blätter

für seine
letzte fahrt
löst
niemand
erste klasse

wann immer

zu einer zeichnung von Siegbert Amler

wann immer
wir
den kreis der jahre
schneiden
wir
ziehen furchen
nur
ins
offne meer

das netz

da wurden alle dinge
überzogen
mit einem netz von maschen
klein und fest

und alles hat man darin
festgehalten
als ob es uns allein gehört

die starken tiere sind hindurchgebrochen
mäuse und schlangen sind hindurchgeschlüpft

nur reh und hirsch
die standen stumm
und ihre augen haben

ganz ohne worte

mir das netz
erklärt

horizonte

jung sein
das ist
wenn
deine wege
dich tragen
an den fernsten strand

doch
eines tags
da siehst du
nahe küsten
die
selbst im traum
dein fuß
nie mehr
erreicht

menschenlos

ich komme vom mittag
in den rost aller dinge

auf den halden
stehen die träume von gestern

menschenlos
einen winter erwarten
der ohne frühling ist

stille

dann kommt
nach marktgeschrei
die stille
und alles
liegt im weißen kühlen samt

in alten gängen
voller trümmer
ein tropfen wärme
aus des lebens morgen
kommt
zu uns her
und
unsre haut
berührt
ein leiser
hauch

unterwegs
zu einer Zeichnung von Siegbert Amler

das bleibt zurück
die lasten deiner tage

der wind trägt
leere zu dir her

du bist der bogen

über allem fäden

die
menschensehnsucht
durch die zeiten
zieht

die nacht der welt

es geht ein flüstern
durch die weite steppe
als ob die gräser
noch im traume murmeln

doch wir sind ohne chiffre
für das letzte stückchen leben
für peitschenschlag des katzenschweifs
für adlersturz

im sumpfe
fern vom puls des lebens
ruhn knochen einer elefantenkuh

nur menschen
sterben laut
in bunter straße

zu einem geburtstag

da wachsen jahre ins land
seit deinem schrei
und was sich sammelt in dir
zehrt das glas deines lebens leer

wir wandern durch tage
wie schienen

wenn
ein ton dich erreicht
wirst du
zittern
im
gleichen wind

über den herbst hinaus

etwas
so denk ich
wird vom sommer bleiben
ein lächeln
das mit meinem leben lebt
ein wort
ein streicheln
das zu bernstein wurde

etwas
über den herbst hinaus

schmecke den tag

gieß in das
eis
deiner helligkeit
den roten wein
laß
lippen kosten
wie
melonen leuchten

wenn
blätter fallen
hörst
das feuer
du
durch andre
leben

wird es

wird es so groß
daß es die
kruste bricht
dann
kann es sein
daß
zwischen
deiner insel ich und
meiner
ein
schmaler weg
zum leben
wird

spuren

es war nicht viel

wir hatten keinen herbst
es gibt keine früchte

wir hatten keinen sommer

nur
ein paar sekunden
frühling
einen wimpernschlag lang
glück

im winter
werden wir
verschiedene spuren
in den schnee treten

doch immer
wird bei mir sein
etwas
das wärme schenkt

ein gespräch

durch einen hörer
fließen fort die sätze
sie tragen masken von den herzen ab

im dickicht deiner worte
klingt das wispern jungen schilfes

und keiner kennt das haus in dem die stimme wohnt

die worte nehmen leis sich an den händen
und laufen wie die kinder fort

im spiegel sehe ich
wie jemand lächelt

danach

du
hast frost
im antlitz
über
deinem lachen
liegt
schnee

ich denke

du bist über
den sieben bergen

aber
du
weinst

angst

unter den achseln spürbar

auf der zunge
die den gaumen preßt

und
wie ein tier
in einem käfig
vor dem dunkel

wer
meinem kind die hände hält
wenn meine letzte angst zuende

der himmel grau

ich lerne graue himmel lieben

angst vor mir

ich glitt
die jahre zurück
ins gestern
zu kindern
mäusen
und dem schatten
großer katzen

als ich erwachte
war im pupillenspiegel
meines kindes
das böse antlitz
einer alten katze

es
hatte
mein
gesicht

am achten tag

(für den Maler L. S.)

das bild durch meine augen
bricht den panzer nicht

du
hast den dingen masken angelegt
den puder deiner sonne aufgetragen
und
neu geschaffen
deine welt
am achten tag

nun
ist es so
daß eine eintrittskarte
die tür zu meinem kerker
offen find't

gast sein

im kreis
um das lebendige feuer

sekunden
gemeinsam am spieße

manchmal
nimmst
eine handvoll wärme
du mit

wie hier

mutter

als ein kind ich war
bin auf deinem arm ich geflogen
du hast mich der erde entführt

nun
zieht dein schritt

das gestern auf dem rücken

mich schwer zur erde hin

ob
du erkennst
daß meine augen wärme tragen
wenn sie

drei schritte neben dir

von jenen brücken reden
die abstand und verbindung sind

an meine tochter

solange du bist
habe ich an dir gemalt
bis du mehr
von mir hattest
als
ich

nun
gehst du
an einem fremden arm

und
ich sage den tränen
daß
du
etwas von mir
in neue
zeiten
trägst

ein schritt durch räume

(zu den arbeiten von Heribert Losert)

ein schritt durch räume
in den nächsten raum
und hinter jeder tür
dieselbe frage
du wächst durch scheiben
und du bleibst zurück

in jedem teil der welt
ein stückchen du

das sieb hat dich gehalten
und berührt
sekunden
sind in bildern zeit geworden
du lebst
davor
danach
und
in der mitte

darin war man sich einig

darin war man sich einig
der kokon des gesprächs
polstert
gegen den anruf

der körper nur
hat noch das wort
für
schnittpunkt

es wird

so glaube ich
möglich sein
zu sagen
daß alles
irgendwo
im fahrplan
steht

ablegen

man muß sie ablegen
denkst du
die plätze deiner kindheit
die tage eines früheren kalenders
was du zuhause genannt

auch ein herz
denkst du
braucht verjährung

doch die tür
die dich trennt
von den stunden im gestern
die tür
bringst du einfach
nicht
zu

inhaltsverzeichnis